EL MAMUT
FRIOLENTO

M

Bat Pat. El mamut friolento
Título original: Il mammut freddoloso
Publicado por acuerdo con Atlantyca, S.p.A.
Adaptación del diseño de la portada: Departamento de diseño de Random House Mondadori

© 2008, Edizioni PIEMME, S.p.A.
Via Galeotto del Carretto, 10-15033
Casale Monferrato (AL)-Italia

© 2009, de la presente edición en castellano para todo el mundo:
Random House Mondadori, S.A.
Travessera de Gràcia, 47-49. 08021 Barcelona

© 2008, Jordi Bargalló Chaves, por la traducción

Proyecto gráfico de Laura Zuccotti y Gioia Giunchi
Texto de Roberto Pavanello
Diseño de la cubierta y de las ilustraciones de Blasco Pisapia y Pamela Brughera
Proyecto editorial de Marcella Drago y Chiara Fiengo

D.R. © 2013, Random House Mondadori, S.A. de C.V.
Av. Homero núm. 544, col. Chapultepec Morales,
Del. Miguel Hidalgo, C.P. 11570, México, D.F.

www.batpat.it
www.battelloavapore.it

International Rights © Atlantyca S.p.A., Via Telesio 22, 20145, Milán, Italia.

Primera edición en México: marzo de 2013

www.megustaleer.com.mx

Comentarios sobre la edición y contenido de este libro a:
megustaleer@rhmx.com.mx

ISBN: 978-607-31-1484-4

Impreso en México / *Printed in Mexico*

BAT PAT

EL MAMUT FRIOLENTO

Texto de Roberto Pavanello

Montena

¡¡¡Hola!!!
¡Soy Bat Pat!

¿Saben a qué me dedico?
Soy escritor. Mi especialidad son
los libros escalofriantes: los que hablan
de brujas, fantasmas, cementerios…
¿Se van a perder mis aventuras?

LES PRESENTO A MIS AMIGOS...

REBECCA

Edad: 8 años
Particularidades: Adora las arañas y las serpientes. Es muy intuitiva.
Punto débil: Cuando está nerviosa, mejor pasar de ella.
Frase preferida: «¡Andando!».

LEO

Edad: 9 años
Particularidades: Nunca tiene la boca cerrada.
Punto débil: ¡Es un miedoso!
Frase preferida: «¿Qué tal si merendamos?».

MARTIN

Edad: 10 años
Particularidades: Es diplomático e intelectual.
Punto débil: Ninguno (según él).
Frase preferida: «Un momento, estoy reflexionando…».

¡Hola, amigos voladores!

¡Les interesa la paleontología? ¿No saben qué es? Tranquilos, tampoco yo lo sabía antes de vivir la aventura que voy a contarles. Bueno, digamos que los paleontólogos son los que vagan por todos los rincones del planeta en busca de fósiles de animales extinguidos y, cuando descubren uno, se hacen famosos. Como el que encontró el fósil más antiguo de murciélago prehistórico… cómo se llamaba… ¿Jack? ¿John? Bah, ya me saldrá antes de terminar el libro.

Cambiando de tema, creo que todos

saben que a mí me molesta terriblemente el frío. Se me hielan de repente las garras y sobre todo las orejas (cosa muy desagradable esta, ya que para nosotros, los murciélagos, son indispensables). ¿Por qué les digo esto? El hecho es que, de entre todos los lugares en los que los hermanos Silver y yo nos podíamos meter, la suerte eligió uno completamente blanco. Blanco de nieve y de hielo, quiero decir. ¡De haberlo sabido antes hubiera llevado, qué sé yo, un abrigo de piel, unas botas y unos calzoncillos de lana! Y, en cambio, nada de nada: ¡iba desnudo (o casi) como mi mamá me trajo al mundo! ¡Brrr!

En definitiva, los hermanos Silver y yo casi nos dejamos la piel por enésima vez, aunque debo reconocer que en esta ocasión valió la pena…

¿Quieren saber qué pasó? Pues ¿qué esperan para pasar de página?

1

UN HORRENDO
MADRUGÓN

l señor Silver no se habría perdido la feria de otoño de Fogville por nada del mundo.

Y, como él iba, tampoco su familia podía prescindir de una ocasión tan fantástica para divertirse. Por esa razón, aquel domingo nos había sacado a todos de madrugada de la cama, para que fuéramos los primeros en llegar.

—¡Vamos muchachos, que llegaremos tarde! —repitió el señor Silver por enésima vez, saltando sobre un pie mientras intentaba ponerse un zapato.

Sus hijos y sobre todo yo deambulábamos por la casa como zombis y, sorprendentemente, Leo consiguió hacer un desayuno monstruoso sin dejar de roncar ni un segundo.

—Mamá —preguntó Rebecca, escondiéndome en su mochila antes de salir—, ¿de verdad tenemos que ir?

—Cariño, ya sabes que a papá le gusta mucho… Cuando salimos de casa el aire helado de la mañana nos despertó del todo.

—¡Ha llegado el invierno! —comentó con voz alegre el señor Silver, expulsando una nube de vaho por la boca.

Prácticamente dormido en la mochila de Rebecca, intuí, por el ligero traqueteo de mis tripas, que ya estábamos en el coche y habíamos puesto rumbo hacia nuestro destino.

La feria se celebraba en las afueras de la ciudad, en el gran parque de Villa Charlotte, el único sitio lo bastante amplio como para poder recibir al millar de visitantes que cada año acudían desde los alrededores de Fogville. Había herreros herrando caballos, artesanos tallando madera, pintores, herboristas, libreros, fabricantes de quesos y embutidos, anticuarios, videntes, vendedores de juguetes y tragafuegos. En definitiva, ¡aquello era una mezcla entre un gran mercado y el circo de las maravillas!

Naturalmente, yo observaba todo esto desde la mochila de mi amiga y estaba contento de permanecer allí calentito, porque, como ya les he anticipado, no llevaba la ropa adecuada.

Arrastrados por la muchedumbre, que iba en aumento, y sobre todo por el señor Silver, que delante de cada atracción daba saltos de alegría como un niño de cinco años («¡Mira, Elizabeth! ¡Los cochecitos de hojalata!»), enseguida nos encontramos delante de la maravillosa fachada del siglo XVIII de Villa Charlotte.

Martin, nuestro «sabiondo», no dejó escapar la ocasión para darnos una interesante lección de historia del arte:

—Esta mansión fue proyectada totalmente por el arquitecto François Prêt-à-Porter para la noble familia La Trippe, obligada a huir a Inglaterra durante la Revolución Francesa. El marqués La Trippe se la dedicó a su amada hija Charlotte, de quien se puede admirar una estatua presidiendo la entrada.

—¡Vaya nariz! —comentó Leo, acercándose a la estatua—. ¡Se podría montar a caballo sobre ella!

Un instante más tarde, una muchachita salida de la nada, vestida como una bombonera blanca, le reprochó ásperamente:

—¿Cómo te atreves a insultar de esta manera a la abuela de mi tatarabuela?

—¿A la abuela de tu tatara… qué? —replicó Leo, estupefacto.

—No te enteras, ¿verdad? —lo atacó «la bombonera»—. Bah, te diré una cosa, no me sorprende en

absoluto. La nobleza no es algo que se pueda aprender. ¡Uno la lleva en la sangre!

—Oye —replicó Leo enojado—, no sé qué es lo que tienes en la sangre, pero ¡en la cabeza solo tienes pájaros!

—¡Maleducado! ¿Sabes con quién estás hablando? Soy la condesa Violette La Trippe y esta es la casa de mis abuelos.

—Mucho gusto. Yo soy el «señor» Leo Silver y estos son mis hermanos. No serán nobles, pero no los cambiaría por nadie…

Aquella discusión me estaba pareciendo de lo más divertida, pero Martin Silver no era de la misma opinión y puso fin al litigio con gran elegancia.

—Perdone a mi hermano, *mademoiselle*. Él siempre es demasiado impulsivo. Estoy seguro de que no tenía ninguna intención de ofenderla.

Violette observó a Martin de pies a cabeza. Luego le tendió suavemente la mano, que él apenas rozó con un beso.

—Disculpas aceptadas —murmuró la condesa, mirando al infinito. Y se alejó de allí sin dignarse a mirarnos otra vez.

—¡Bah, qué asco! —dijo Leo con una mueca—. ¿Ahora te pones a besar la mano a desconocidos?

—Quizá no te has enterado, pero

esta «desconocida» es una condesa —precisó Martin.

—¡De lo que sí me he enterado es de que te has dejado encantar por esa remilgada! —le echó en cara Rebecca.

La discusión fue interrumpida bruscamente por el señor Silver que, con un enorme copo de azúcar en su mano derecha, repetía:

—¡Rápido, chicos, vengan a ver esto!

2

LAS BOMBONERAS TAMBIÉN GRITAN

l llegar nos encontramos ante un enorme globo aerostático rojo y amarillo.

El cesto de mimbre que colgaba debajo se balanceaba a un par de metros de altura, retenido por una fuerte cuerda de seguridad. ¡Parecía un enorme animal con correa, preparado para escapar a la primera ocasión!

Un personaje estrambótico vestido de rojo y con unos grandes bigotes negros invitaba a los visitan-

tes a experimentar la emoción de un viaje por el cielo de Fogville:

—¡Ánimo! ¡Levanten vuelo! ¡Una hora inolvidable por encima de los tejados de su ciudad! ¡Aprovéchenlo!

—¡Caramba! ¡Qué fuerte! —exclamó Leo mirando hacia el cielo.

—¿Qué me dicen, hijos? —dijo el señor Silver guiñando el ojo—. ¿Les gustaría ir a dar una vuelta en el globo?

—Pero es muy caro, papá… —respondió Rebecca, mirando los precios que había en el cartel.

—¡Bah, tonterías! —replicó su padre, sacando la billetera y acercándose al hombre de los bigotes—. ¡Tres entradas para mis hijos, por favor!

Me di cuenta de adónde me estaban llevando un segundo antes de que Rebecca se subiese al cesto de aquel ingenio volante. Me escurrí sin decir nada y me refugié en los brazos de la señora Silver.

—¿Qué pasa? ¿Te asusta volar? —me preguntó ella.

¡Imagínense que alguien como yo tuviese miedo a volar! Sencillamente, ¡no me fiaba de un trasto que en lugar de alas tiene la barriga llena de aire! Además, tenía una especie de presentimiento. Y, como decía siempre mi tío Esculapio: «¡Si te silban los oídos con fuerza, llena dos cubos de prudencia!».

Rebecca me dirigió una mirada interrogante. Le sonreí enseñándole mis alitas: «¡Con estas voy al cielo cuando quiero!», intenté hacerle entender.

—Les pido un poquito de paciencia —dijo el piloto apenas los hermanos Silver subieron a bordo, tras haberse encaramado a una escalera de cuerda—. Hay lugar para otro pasajero, además de ustedes. Cuando haya embarcado, levantaremos vuelo.

Leo, asomándose por el cesto, hacía mil muecas para divertirme. En una de esas, hizo una tan horrible que estuve a punto de ahogarme de la risa.

Pero él ya no pretendía hacerme reír: sencillamente, había visto llegar al nuevo pasajero del globo.

Ya lo han adivinado, ¿verdad?

Pues sí,

era precisamente ella: «su majestad» la condesa La Trippe.

—¡Oh, no! —sollozó Leo—. ¡Ella no!

—¿Qué hacen esos tres en mi globo? —protestó la condesa, mirando a mis amigos como si fueran tres cucarachas.

—¡Oye, guapa, hemos llegado antes que tú! —le reprochó Rebecca.

—¡Vamos, Violette! —intentó calmarla un señor gordito con sombrero, que debía de ser su mayordomo—. Parecen muy simpáticos estos chicos.

—¿Simpáticos? ¡Hace un rato me han ofendido! ¡Especialmente el gordo!

—Eh, ¿a quién le has llamado gordo? —replicó Leo.

—Se lo ruego, condesa —interrumpió Martin, dando un codazo a su hermano—. Suban sin ningún temor. Mi hermano no los molestará.

Ella sonrió satisfecha.

—Mmm, de acuerdo. Ayúdame, Paul, por favor.

Paul (evidentemente, este era el nombre del mayordomo) cruzó sus manos regordetas para hacerle de peldaño, mientras el piloto desataba la gruesa cuerda del amarradero.

¡Y entonces ocurrió el cataplum!

La condesa, al intentar subir a la escalera, puso un pie en el vacío, lanzó un grito muy agudo y, deslizándose hacia atrás, chocó con Paul. Este perdió el equilibrio y cayó sentado sobre el piloto. El piloto quedó aplastado por aquel dulce peso mientras se le escapaba de las manos la cuerda de seguridad… ¡antes de haber subido a bordo!

El hombre intentó correr tras el globo, pero fue inútil. Este se elevó rápidamente, con mis amigos adentro y la condesa colgando de la escalera de cuerda y gritando aterrorizada.

De hecho, todos gritaban desesperados: el mayordomo, el piloto, el señor Silver e, incluso, una mu-

chedumbre de curiosos que se había reunido alrededor.

Únicamente la señora Silver no se lamentó. Se limitó a mirarme directamente a los ojos y me dijo: «¡Tráemelos, Bat!».

¿Se imaginan un misil que sale de la rampa de lanzamiento? Pues yo fui más rápido.

3

CLASES
DE VUELO

ientras apuntaba directamente hacia el globo que continuaba ganando altura, asistí con un nudo en la garganta al rescate de la condesa.

Martin, colgado cabeza abajo por la escalera, con Leo y Rebecca sujetándolo por las piernas, logró convencer a Violette para que le tendiera una mano. Después, tras haberle repetido incansablemente «¡No mires abajo!», la subió a bordo sana y salva.

Cuando yo llegué, «su majestad» lloraba.

—¡Ya sabía que no tenía que subir con ustedes tres! *¡Oh la la!* ¡Lo presentía! Los nobles nunca debemos mezclarnos con la gente común!

—¡El caso es que la «gente común» te acaba de salvar el pellejo! —le recordó Rebecca.

Pero ella ni siquiera la escuchó, y continuó sollozando de forma desgarradora.

—¡Bat! —gritó Leo, al verme aterrizar en el cesto—. Ya sabía que no ibas a resistir la fascinación de un «naufragio» en globo.

—¿Qué es «esto»? —berreó la condesa.

—¿Te refieres a mí? —le respondí, sin preocuparme demasiado por las consecuencias—. Soy un murciélago. Un murciélago escritor, para ser exactos. ¡Y un gran amigo de estos tres simpáticos muchachos!

—¡Oh, cielos! ¡He debido de golpearme la cabeza! —se desesperó Violette—. ¡Oigo hablar a los animales! ¡Que alguien me ayude!

Se necesitó Dios y ayuda para calmarla y convencerla de que se encontraba en presencia de un rarísimo ejemplar de *Pipistrellus sapiens*. Pero, cuando intenté besarle la mano, volvió a gritar de nuevo.

—¡Ya basta! —gritó molesta Rebecca—. ¡Ya hemos perdido demasiado tiempo charlando sobre esto! ¿Alguno de ustedes tiene idea de cómo funciona este trasto?

Todos miramos a Martin, nuestra enciclopedia andante.

—Por lo que sé, los globos aerostáticos, también llamados «montgolfier» por el nombre de sus inventores, los hermanos Montgolfier, funcionan por el principio de que el aire caliente contenido en el globo es más ligero que el aire frío del exterior y tienden a ir hacia arriba —dijo, girando la manivela del quemador y aumentando la potencia de la llama. El globo se elevó y Violette lanzó un grito de los suyos.

—Y viceversa, enfriando la masa de aire que hay en el globo, el peso aumenta y el globo tendría que descender. Así… —Martin intentó girar la manivela en sentido contrario, pero a pesar de sus esfuerzos no consiguió moverla ni un milímetro.

—Ejem… me temo que está… encallada.

—¿Encallada? —le atacó enseguida la condesa—. ¿Qué quiere decir *encallada*?

—¡Quiere decir que no podemos aterrizar! —le contestó secamente Rebecca.

—Siempre podemos dar marcha atrás, ¿no? —protestó Leo—. ¡Basta con que volvamos hacia Fogville y alguien nos baje! ¿Cómo se hace para que esta cosa dé la vuelta?

—Bah, bien… —balbuceó Martin, mirando hacia la ciudad, que se alejaba rápidamente por el horizonte—. Creo… ejem… ¡que no se puede!

—¿QUÉ? —gritó «su majestad», con la cara roja—. ¿Estás diciendo que son incapaces de dar marcha atrás? ¡Cambien enseguida la dirección de la marcha y regrésenme a casa IN-ME-DIA-TA-MEN-TE! ¡Es una orden!

—Lo haría encantado condesa, pero… —intentó justificarse Martin, sin lograr terminar la frase.

Una racha de viento lanzó el globo hacia un lado, haciendo que ella terminara en brazos de él. Sin embargo, aquella situación embarazosa duró muy poco.

Un instante después, entramos en un blanco mar de nubes y perdimos por completo el sentido de la orientación.

4

LA SEÑORITA
«TRIPPA»

lrededor no se veía más que un espeso manto de niebla blanca e impenetrable.

—Seguramente vamos hacia el norte —observó Martin—. Cada vez hace más frío.

Al decir eso, sus anteojos se empañaron y eso, amigos, solo podía indicar... ¡que había serios problemas a la vista!

La condesa La Trippe estaba literalmente congelada y Rebecca se apiadó de ella y le cubrió la espalda con una especie de manta sucia que había en el fondo del cesto.

Ella, de entrada, la apartó asqueada, pero luego se la volvió a poner, para evitar convertirse en un cubito de hielo. ¡En aquel momento, más que una «bombonera» parecía un fardo!

—¡Eh, miren aquí! —exclamó Leo, hurgando en una cajita que había encontrado a bordo—. Hay guantes y unos gorros de lana. Quizás están aquí para los pasajeros. También hay una campera de plumón. ¿La quieres tú, señorita… «Trippa»?

—Me llamo La Trippe, especie de elefante —replicó ella ofendida, y le arrancó de las manos

la campera para luego ponérsela sin muchas cere-
monias.

Mis amigos ya estaban suficientemente tapados y
se limitaron a ponerse un gorro de lana gruesa en la
cabeza. Yo, por mi parte, me puse un gorrito violeta
que me llegaba hasta los pies y regresé a la mochila
de Rebecca.

En aquel momento, Leo recordó que llevaba consigo el celular e hizo un intento de ponerse en contac-
to con sus padres.

—¿Oye?, oye… mamá… soy Leo… estamos
bien… estamos volando hacia… hacia lo desconocido, creo… ¿oye?, ¿oye? —Miró primero el celular y luego a nosotros. —Me temo que me he quedado sin batería…

La condesa se echó a llorar otra vez.

—¡Yo a esta ya no la aguanto más!
—estalló Rebecca.

—¡Bah, yo sé una manera de animarnos!

—intervino Leo, revolviendo en su mochila—. ¿Qué me dicen de un buen tentempié?

—¡No me digas que te has traído algo de comer! —exclamó incrédula Rebecca.

—¡Claro! ¿Tenías alguna duda al respecto? —confirmó él, sacando una especie de cesta de *picnic*—. Les presento el S.A.L.S.H.: Socorro Alimentario Leo Silver Hambriento.

Adentro había suficientes provisiones para resistir tres días en pleno desier- to o entre los hielos de Alaska: galletas, jamón ahumado, manteca de maní,

mermelada, terrones de azúcar, tostadas, té con limón, agua, caramelos y chicles.

Todos picoteamos algo, incluso «su majestad» (aunque después de tener que insistir mucho). Empezábamos a sentirnos un poco menos desesperados, cuando otra racha de viento completamente gélido nos anunció la llegada de ¡una tormenta de nieve!

La llama del quemador se apagó y el globo empezó a balancearse y a perder altura, girando sobre sí mismo. Martin, asomado al borde del cesto, intentó averiguar adónde íbamos.

De repente lanzó la alarma:

—¡ATERRIZAMOOOS!

Por suerte el golpe no fue demasiado violento. El cesto se inclinó hacia un lado y el globo rojo y amarillo se deshinchó sobre nosotros, tapándonos por completo.

Bajo mis patitas noté algo frío y harinoso. Debió de ser aquella extraña superficie la que amortiguó nuestra caída. Luego, de repente, comprendí: ¡era nieve!

5

UNA AVALANCHA...
¡VIVA!

ui el primero en asomar la nariz afuera del globo.

Después, una a una, aparecieron las caras asustadas de mis compañeros de viaje.

En el exterior, sin embargo, soplaba un vendaval de nieve y, a sugerencia de Martin, volvimos a refugiarnos bajo el globo.

—Pero ¿dónde hemos ido a parar? —lloriqueó la condesa La Trippe—. Yo quiero volver a casa…

—Ánimo, Violette —la tranquilizó Martin—.

Nos hemos encontrado en situaciones mucho peores que esta y siempre nos hemos arreglado. ¿Verdad, chicos?

Sabíamos que no era del todo cierto, pero no nos atrevimos a contradecirlo.

—Esperaremos a que pare el vendaval y luego iremos a buscar ayuda —añadió Martin, sin perder la compostura.

De modo que nos quedamos allí debajo escu-

chando el silbido furibundo del viento, sujetando la lona con nuestros brazos para que no saliera volando.

Por suerte, la tempestad se calmó enseguida y pudimos volver a sacar la cabeza afuera: ante nuestros ojos apareció un valle majestuoso, rodeado de espesos bosques y de altísimas montañas nevadas.

Lo único que había que determinar era dónde se encontraban esas montañas con respecto a Fogville.

—¿Qué hacemos? —preguntó Leo, saltando sobre sus pies ateridos.

Por toda respuesta, Martin indicó un punto en el fondo del valle:

—¿Me equivoco o aquello de ahí abajo es… humo?

En efecto, por detrás de una cresta rocosa, se elevaba un sutil hilo de humo gris.

—¡ESTAMOS SALVADOS! —gritó Leo, presa del entusiasmo. El eco de su voz se propagó por todo el valle, seguido de un estruendo inquietante.

—¡Habla en voz baja! —lo reprendió Martin—. ¿Nadie te ha dicho nunca que en la montaña no se grita? ¡Se corre el riesgo de provocar una avalancha!

—Dis-disculpa…, no lo sabía… —se justificó Leo.

—Bat —me dijo Martin—, ¿qué me dices de…

—… de ir a dar un vistazo ahí abajo? —completé la frase resignado—. ¡Voy, voy! ¡Siempre me toca a mí!

Volé hacia el punto de donde provenía el humo. Al menos así evitaría que se me congelasen las alas.

Entretanto, Martin pidió la colaboración de los demás para enrollar el globo dentro del cesto.

—Lo llevaremos con nosotros. Nunca se sabe… —explicó. Luego, dirigiéndose a Violette, añadió:

—¿Quiere sentarse ahí encima, señorita? Estará más protegida…

—Gracias —respondió ella, por primera vez de manera educada—. Pero no me gustaría que sus hermanos se enojaran conmigo…

—No se preocupe. Todo lo contrario, mi hermano estará encantado de empujarnos. ¿Verdad, Leo?

—¡Desde luego! ¡No esperaba otra cosa! —refunfuñó él, apoyando las manos en el borde del cesto—. ¡Agárrese fuerte, condesa, alcanzaremos la velocidad de la luz!

Martin no tuvo tiempo de avisarle: el cesto se deslizó sobre la nieve y tomó rápidamente velocidad, arrastrando tras él a un aterrorizado Leo.

—¡PISTAAA! —gritaba él, intentando desesperadamente frenar con los pies.

Desde el fondo del valle, donde me encontraba, vi cómo bajaba a toda velocidad una bola de nieve, seguida de Martin y Rebecca. ¡Y tras ellos corría una forma indefinible, una especie de avalancha oscura, dispuesta a arrollarlos a todos! ¡Por todos los mosquitos, no había tiempo que perder!

Por suerte había localizado entre las rocas la abertura de la que salía el humo y, apenas el cesto con Leo y Violette a bordo se estrelló contra un montón de nieve, me puse a indi-

carles frenéticamente aquella única vía de salida, gritando:

—¡Por aquí, rápido! ¡Entren aquí!

La avalancha oscura cayó rugiendo sobre nosotros, pero el paso entre las rocas a través del cual nos habíamos puesto a salvo era demasiado estrecho para que aquella «cosa» pudiera entrar, por lo que se quedó afuera rugiendo y resoplando de manera espantosa.

No podía creer lo que veían mis ojos: ¡nunca había visto un ser vivo tan grande como aquel!

6

LA GRUTA
DE POLIFEMO

ebecca se acercó al fuego que chisporroteaba en el centro de la gruta.

—Bueno, al menos aquí adentro no nos moriremos de frío —comentó.

Una gruta. Han entendido bien. Y habitada, evidentemente. Aquel fuego, alrededor del cual nos estábamos calentando, tenía que haberlo encendido alguien. Y los utensilios de madera, las raquetas para la nieve y todos los demás objetos colgados aquí y allá por las paredes tenían que pertenecer a alguien.

Sin embargo, allí adentro no se veía ni un alma viviente.

—Miren —observó Rebecca—. ¡También hay una cama aquí!

—¡Y aquí hay queso! —farfulló Leo, con la boca llena—. ¡Está bueníffffimo!

—¡Deja eso, Leo! —lo reprendió Martin—. ¡No es tuyo!

—¿Qué opinas? —lo interrogó Rebecca.

—Mmm… creo que no tenemos mucha elección. Cuando vuelva nuestro anfitrión, le explicaremos por qué estamos aquí, y esperemos que pueda ayudarnos.

—¡Ojalá sea un tipo sociable! —añadí.

—¿Y por qué no tendría que serlo? —me preguntó Violette.

—Bah, una cosa parecida ya le ocurrió a un tal Ulises, cuando se metió con sus compañeros en la gruta del cíclope Polifemo. ¡Si recuerdo bien la historia, todos estuvieron a punto de terminar devorados por aquel gigante!

—¡Yo no tengo ningunas ganas de terminar devorado por nadie! —murmuró Leo.

—¡Tranquilos, muchachos! —dijo Martin—. Solo es un cuento. Y además no puede tratarse de un gigante, miren su cucha-

ra de madera: solo es un poquito más grande de lo normal.

—¡Sí, pero mira sus zapatos! —lo interrumpió Rebecca, levantando una bota de cuero de medio metro de largo.

Violette se desmayó de golpe. Martin se precipitó a reanimarla, yo volé a colgarme en el techo en la oscuridad de la caverna y Leo extrajo sus propias conclusiones:

—Propongo que... ¡nos larguemos inmediatamente!

—¿Y adónde quieres ir? —le preguntó irónico Martin—. ¿A congelarte ahí afuera?

—Mejor congelado que devorado.

—¡Oh, basta ya, Leo! —intervino Rebecca—. Martin tiene razón. Además, es imposible que sea tan malvado un tipo que lee cosas como estas (en la mano tenía un viejo libro titulado *Fósiles de la era glacial*).

—¡Muy interesante! —comentó Martin, sonriendo a la condesa La Trippe, que estaba volviendo en sí entre sus brazos.

Para matar el tiempo nos agrupamos en torno del fuego, y Martin se puso a contarnos una de sus historias preferidas de Edgar Allan Papilla: *El retorno del Yeti.*

Era tan terrorífica que Violette estuvo a punto de desmayarse otra vez.

De repente, un rugido espantoso nos estremeció. Algo proyectó una sombra enorme dentro de la gruta, mientras oíamos una voz humana que emitía unos sonidos sombríos y guturales.

—No-no será para nada el Yeti, ¿ve-verdad? —gimió Leo.

Martin se puso de pie y nosotros nos apretujamos tras él.

Antes de que aquel ser entrara en la gruta me susurró:

—Estate atento, Bat. Si las cosas se ponen feas, sal volando de aquí y ve a buscar ayuda.

Regresé al techo y esperé colgado la llegada de nuestro anfitrión.

Lo que vi entrar fue una especie de hombre de las cavernas: grande, cubierto por una espesa piel, con barba y pelo largo.

Cuando se acercó a los chicos, los miró con ojos enloquecidos y lanzó un alarido salvaje.

Martin levantó la vista hacia mí. Era la señal.

Un instante después estaba volando hacia lo desconocido, en busca de ayuda para mis amigos.

7

EL ARTE
DE ESCUCHAR

 a tarde debía de estar avanzada, porque un sol pálido estaba ya bajo en el horizonte.

¡Vagaba sin rumbo pensando en aquellos cuatro presos de Míster Neandertal!

Quizá ya los había tostado en el asador, o estaba a punto de hervirlos en un gran caldero con laurel y zanahorias. ¡Tenía que darme prisa!

Con gran alivio, no lejos de la gruta, divisé un grupo de carpas puestas en círculo en torno de una antena de transmisión. La mayor estaba iluminada. Seguramente había alguien adentro.

Pasado el primer momento de entusiasmo me di cuenta de que no podía aterrizar en medio de aquellos desconocidos y, como si nada, anunciar: «¡Hola a todos!, soy un murciélago que habla y estoy aquí para pedirles que me ayuden a liberar a mis amigos de un horrible cavernícola».

Elegí una táctica más prudente y aterricé cerca de la carpa iluminada, de puntitas (una maniobra conocida como «el paso del bailarín»). Tensé mis orejitas medio congeladas y escuché.

—¡Te digo que lo he oído, Jordan! Debían de ser las once.

—¡No me basta con que lo oigas, quiero que lo encuentres! ¡Cuatro cazadores armados hasta los dientes, con prismáticos de infrarrojos y detectores térmicos, y no consiguen sacar de la madriguera a una bestia grande como una casa?

—Pero estoy seguro de que era él, Jordan. Te digo que lo he reconocido y también he oído… no, nada… ¡tampoco me vas a creer!

—¡Adelante, sin miedo! ¿Qué más has oído? ¿Las campanitas de los duendes?

—He oído voces. Parecían voces de niños…

¡El corazón me dio un vuelco! ¿De qué «niños» estaba hablando aquel tipo?

—Pero ¡bueno! ¡Ahora también tenemos alucinaciones! —le contestó el tal Jordan, que debía de ser el jefe—. ¡Escúchenme bien: si dentro de tres días no encontramos a la bestia y la matamos, perderemos el negocio más grande del siglo y seremos el hazmerreír de todos los cazadores furtivos! ¿Saben cuánto puede valer una piel como aquella?

—¡No me lo digas, jefe! No quiero saberlo.

—Entonces vuelvan ahí afuera hasta que esté oscuro y disparen a todo lo que se mueva: ¡quiero el animal! ¡Y quiero aquella piel! ¿Queda claro?

Pero ¿qué era aquella historia de la piel? ¿De qué animal estaban hablando?

De repente se escurrieron de la carpa tres hombres vestidos como astronautas, con anteojos espejados y unos enormes fusiles en bandolera. Refunfuñando a media voz, se alejaron del campamento.

Una cosa era cierta: de gente como aquella no iba a poder recibir ninguna ayuda. Más bien, lo máximo que podía esperar era terminar empaquetado, visto el gran amor que profesaban por los animales.

Aquel día, sin embargo, agradecí no ser un animal con piel. No sé lo que hubiera dado por poder advertir al pobrecito al que iban a dar caza.

Por desgracia no podía hacer nada más, por el momento, que volver a la gruta y avisar a mis amigos de mi fracaso.

Esperando encontrarlos aún con vida...

8

EL ESPÍRITU
DE LA MONTAÑA

olo mi infalible sentido de la orientación me permitió no perderme en medio de toda aquella blancura. Luego, a lo lejos, divisé el conocido hilo de humo.

Colgado cabeza abajo en la entrada de la gruta, intenté dar un vistazo en el interior: Míster Neandertal estaba cocinando algo a la parrilla.

Junto a la pared se hallaban mis compañeros, atados como salchichas, pero enteros. Di un suspiro de alivio.

De todas formas, mi deber era intentar liberarlos. Pero ¿cómo ganarle a un adversario más grande y más fuerte que yo? Bah, ¡con la astucia, naturalmente!

Con un ligerísimo batir de alas entré en la gruta sin ser visto y fui a colocarme justo sobre el fuego (¿creerán que Rebecca se dio cuenta enseguida? ¡Aquella muchacha era increíble!).

Luego recurrí a una de las estratagemas que me había enseñado mi primo Ala Suelta, miembro de la patrulla de vuelo acrobático: «el megáfono con alas». Poniendo las alas alrededor de la boca, los murciélagos somos capaces de amplificar nuestros sonidos entre diez y quince veces. Me agarré con fuerza al techo, recogí las alas como un embudo y grité con la voz más sombría que pude:

—¿Qué estás tramando hacer con mis a-mi-gosss…? —¡También había eco allí adentro! ¡No podía haber resultado mejor!

—¿Quién anda? —preguntó el cavernícola, saltando aterrorizado—. ¿Qué ocurre?

Hasta los hermanos Silver se sobresaltaron, por no hablar de Violette. Rebecca, en cambio, se reía para sus adentros.

—Soy el espíritu de la montaña-ña-ñaaa… —con-

tinué—. Libera enseguida a estos chicos o te arrepenti-rásss…

—¿Y si no quiero? ¿Qué harás?, ¡dime!

Dije lo primero que se me pasó por la cabeza:

—Avisaré a los furtivos que merodean por aquíííí…

—¿Los furtivos? ¿Lo dices en serio? —preguntó asustado, mientras continuaba mirando a su alrededor para ver de dónde provenía aquella voz.

—Sí… —insistí yo—. Son cuatro… y llevan fusiles grandes como caño-nesss…

—¡Entonces Úrsula está en peligro! —gritó el hombre corriendo hacia la pared y agarrando un gran cuerno. Se acercó a la salida y sopló a pleno pulmón: —¡BOUUU!

Aquel sonido se extendió por todo el valle. Las paredes de la gruta vibraron con tal violencia que perdí mi punto de sujeción y me precipité en el vacío. Por casualidad, en vez de terminar en el fuego, le di de lleno al hombre en los hombros. Él se dio vuelta molesto, como si lo hubiera picado un mosquito, y al verme medio muerto en el suelo me agarró con su manaza y, acercándose a mí, me preguntó:

—¿Y tú quién eres?

—Yo soy… ejem… el espíritu de la montaña… —dije agónicamente con un hilo de voz— y te ordeno que dejes libres a mis amigos! Por favor…

El cavernícola primero se rio con ganas, luego se

puso serio y, sin asombrarse demasiado de estar hablando con un murciélago, me preguntó otra vez:

—Pero ¿de verdad has visto a los furtivos?

—Sí, señor. Decían que iban a la caza de un gran animal con piel…

El hombre se estremeció. Luego giró hacia la entrada y, dándonos la espalda, murmuró:

—Agárrense fuerte. Está llegando…

9

EL RODAMIENTO RUTILANTE

Primero el terreno tembló. Luego, algo ahí afuera golpeó violentamente las paredes de la entrada, hasta que todo el arco de la izquierda se derrumbó estrepitosamente sobre sí mismo. Cuando el polvo dejó de caer, vimos una oscura silueta gigantesca que avanzaba hasta el centro de la caverna y se detenía delante del fuego.

Aterrorizados, nos pegamos contra la pared: ¡ante nosotros estaba el mayor elefante con piel nunca visto y nos miraba torvamente!

Míster Neandertal se le acercó y se puso a acariciarlo como si fuera un cachorrito, hablando dulcemente:

—Hola, Úrsula, ¡estos chicos no te harán daño!

—¿Qué… qué es… esto? —lloriqueó Leo, blanco como la leche.

—¿Esto? Es un mamut. ¿Nunca has visto un mamut en la enciclopedia? —se rio el hombre, como si estuviese hablando de canarios.

—¡Claro! —intervino Martin completamente excitado—. Pero creía que se habían extinguido después de la última glaciación.

—En efecto, también yo lo creía antes de explorar estos valles. Luego encontré a Úrsula y cambié de idea. Durante mucho tiempo he sido el único guardián de este secreto, pero alguien debe de haberla visto y han llegado los furtivos…

La bestia sopló con rabia hacia el suelo, levantando una gran nube de polvo. ¡Tenía dos colmillos curvos afilados como lanzas!

—¿Y por qué quieren cazarla? —preguntó Rebecca.

—Porque quieren su piel. Una piel como esta no tiene precio en el mercado.

—¡Si la viera mi mamá! —comentó extasiada la condesa La Trippe.

Todos le lanzamos una mirada de reprobación. Después el cavernícola nos hizo señas para que nos calláramos:

—¡Ya están llegando, tengo que darme mucha prisa! —Y se puso a acumular nieve delante de la

entrada, en el desesperado intento de atrinche-
rarse adentro.

—¡Suéltenos! —le gritó Martin—. ¡Nosotros podemos ayudarlo!

—Déjalo estar, muchachito —respondió secamente el hombre—. Solo serían un estorbo.

—¡Usted solo nunca logrará cerrar la gruta a tiempo! —insistió Martin—. ¡Necesita nuestra ayuda!

El hombre se dirigió a sus prisioneros. Mientras desataba las cuerdas que los mantenían atados, dijo amenazador:

—¡Si se trata de un truco, lo pagarán muy caro!

En aquel momento un par de disparos resonaron en el exterior de la gruta.

—¡Ya están aquí! —Se desesperó el hombre. —¡Deben de haber oído el cuerno! ¡He sido un estúpido!

—¡Aún no hemos dicho la última palabra! —replicó Martin—. ¡Bat, ven enseguida! Se me ha ocurrido una idea…

La idea de Martin, como de costumbre, era genial. Lástima que el que tenía que llevarla a cabo fuera yo.

—Eres el único que puede alcanzar la cima de esta montaña y, una vez arriba, basta con que tú…

No hacían falta más explicaciones: sabía muy bien lo que tenía que hacer. Solo tenía que aplicar otra de las enseñanzas de Ala Suelta: «el rodamiento rutilante».

¿Para qué sirve? ¡Muy sencillo! Para provocar una avalancha partiendo de una pequeña bola de nieve (y mejor aún si adentro de la bola de nieve hay un murciélago valeroso o loco de atar, juzguen ustedes…).

Va, lo resumo: una vez llegado a la cumbre, empecé el rodamiento y la bola de nieve enseguida se hizo tan gigantesca que obstruyó por completo la entrada de la gruta.

Un minuto después alcanzó al grupo de furtivos, a los que acompañaban un par de enormes perros: estaban tan furiosos de ver cómo se esfumaba la ocasión de capturar a su presa que se pusieron a disparar al aire.

Por suerte no se fijaron en mí, que los espiaba medio escondido entre la nieve desprendida.

Úrsula y mis amigos estaban a salvo. ¡Me sentía muy orgulloso!

¡Desgraciadamente, en aquel momento me di cuenta de que ellos estaban allí adentro y yo me había quedado afuera!

10

¡UN MUERTO MUY VIVO!

o que ocurrió allí adentro me lo contaron después.

De lo que sucedió afuera, en cambio, me enteré enseguida: los furtivos, tras haber regresado a su campamento para buscar palas, se pusieron a excavar. Sus perros, entretanto, iban explorando el territorio circundante.

Tenía que irme de allí mientras estuviera a tiempo. Intenté salir de la nieve, que me llegaba hasta la cintura, cuando me di cuenta de que estaba bloqueado: mis patitas habían quedado atrapadas en el hielo. Mientras tanto, una de aquellas bestias ¡se dirigía directamente hacia mí! ¡Miedo, remiedo! Y ahora, ¿qué hacía?

Probablemente, también aquellos cuatro se estarían haciendo la misma pregunta en la gruta.

—¡Buen golpe, muchachos! —se felicitó Míster Neandertal—. ¡Gracias a ustedes, Úrsula está a salvo! Por el momento, al menos…

—¡Ya! —ironizó Leo—. Pero, «gracias a nosotros», ahora estamos atrapados como ratas. Y estos brutos malcarados de ahí afuera estarán intentando entrar.

—¿Es posible que usted no haya pensado en una salida de emergencia? —preguntó Violette extrañamente jactanciosa—. Señor… señor, tendrá un nombre, ¿no?

—Lo tenía —respondió el hombre, sentándose en el suelo y sacando de la piel un par de anteojos redondos—. Cuando daba clases en la universidad me llamaba Ventura, Fred Ventura.

—¿Usted daba clases en la universidad? —preguntó Leo incrédulo—. ¿De qué? ¿«Ciencias de la barba larga»?

—Paleontología. El estudio de los fósiles siempre ha sido mi pasión.

—¡Claro! ¡Ahora lo recuerdo! —exclamó Martin—. ¡Fred Ventura, el más grande estudioso de mamuts del siglo XX! Todos los diarios hablaron de su desaparición. Ahora lo dan por muerto.

—He hecho de todo para que lo creyeran. Después de haber encontrado a Úrsula, era el único modo de protegerla. No revelaré a nadie su existencia y la defenderé de los curiosos y malintencionados. Desgraciadamente, como pueden ver, no ha funcionado…

—No diga eso, profesor —lo animó Martin—. Usted ha escrito obras inolvidables como *Encuentra fósiles en tu jardín* o *Cómo criar un dinosaurio.* ¡Yo devoraba sus libros cuando estaba en el colegio!

Violette miró a Martin con admiración.

—Ahora es agua pasada —cortó el profesor—. Tienen que pensar en ponerse a salvo. Úrsula y yo esperaremos aquí. ¡Pelearemos juntos esta última batalla! ¿Verdad, amiga mía?

El mamut sacudió la cabeza y permaneció junto al fuego.

—Pero ¿no tiene miedo? —preguntó Rebecca con curiosidad—. Todos los animales temen el fuego.

—Todos los animales estúpidos. Sin embargo, yo he conseguido enseñarle que el fuego calienta y que, si no se acerca demasiado, no es peligroso. Y, dado que es más bien friolenta, nos hemos hecho amigos: ella venía a calentarse cada noche delante de mi gruta y traía consigo también a su… ejem… da igual. Valor, vieja amiga, ¡preparémonos a vender cara la piel!

El mamut, que parecía haber entendido las palabras del hombre, retrocedió soplando un par de pasos y, bajando la cabeza, cargó contra las paredes del fondo de la gruta. ¡Tenía una fuerza terrible!

Violette se agarró del brazo de Martin, que tosió cohibido.

A la tercera carga, la pared de roca cedió y dejó al descubierto una especie de corredor que se perdía en el vientre de la montaña.

Los cazadores, al oír aquel estruendo, rieron satisfechos:

—El animal está nervioso. ¡Sabe que ha caído en la trampa!

El profesor tomó del fuego una gruesa antorcha e hizo una seña para que lo siguieran.

11

UNA PEDORRERA DE DESPEDIDA

mí, en cambio, como les decía, ¡me acababa de echar el ojo un enorme perro feroz!

Atascado como estaba en el hielo, hubiera terminado mordido como un hueso de goma, si no me hubiera hecho… ¡pipí encima! No se trataba de uno de los trucos de Ala Suelta: me vino de forma espontánea, debido al miedo, remiedo… ¡Y fue suficiente para deshacer aquella capa helada que me aprisionaba! Cuando el perrazo llegó junto a mí, salí volando justamente ante sus narices. Le cayó tan mal que se puso a ladrar furiosamente, llamando la atención de los furtivos.

—¡Miren allí, muchachos! —exclamó uno de ellos—. ¡Un murciélago polar!

Aparte del hecho de que los murciélagos no viven en el polo como decía aquel patán ignorante, ¿realmente había necesidad de dispararme?

Los demás lo imitaron y en un instante me vi convertido en blanco. ¡Por todos los mosquitos! Por suerte aquellos tipos tenían una pésima puntería y varios disparos, en vez de en mí, hicieron blanco en la montaña de enfrente. ¿Resultado? ¡Otra desastrosa avalancha!

Es estupendo, en circunstancias como estas, poder elevarse ágilmente por encima de la corteza terrestre, contemplando con indiferencia el desastre provocado por la estupidez humana (¡hay que ver lo bien que escribo a veces!). Dicho más sencillamente: ¡levanté vuelo, mientras un metro y medio de nieve fresca cubría a los furtivos y a sus perros!

«¡Lo tienen bien merecido!», fue mi primer pensamiento. El segundo fue algo menos cruel: «Esperemos que les sirva de lección, pero que se hayan salvado todos…». ¡Qué le vamos a hacer, tengo el corazón tierno!

Los perros salieron primero y rescataron a sus dueños, ateridos de frío, pero sanos y salvos.

Estaba a punto de largarme a toda ala, cuando vi a Jordan, aún medio cubierto por la nieve, que indicaba la pared de la montaña.

—¡Miren allí! —gritó.

Hombres y perros giraron la cabeza hacia el punto indicado. Vencido por la curiosidad, también yo me di vuelta, olvidándome por completo de escapar.

¡Por el sónar de mi abuelo! Pero ¿era cierto lo que estaba viendo? ¿O era una alucinación debida al reflejo de la nieve? He oído decir que a veces les ocurre a los exploradores.

Pero ¡lo que seguramente no a todos les ocurre es ver entre los hielos un ejemplar de mamut congelado, como el que se encontraba delante de mí!

—¡Jefe! —comentó incrédulo uno de los furtivos—, ¡es la piel que estábamos buscando! ¡Y sin disparar ni un solo tiro! ¿Qué me dice?

—¡Digo que en lugar de cerebro tienes una pelotita de ping-pong! —lo reprendió Jordan—. Pero ¡qué piel! ¿No te das cuenta de que este puede ser el descubrimiento más importante del siglo? ¡Los museos pagarán esta bestia a peso de oro y nosotros seremos muy ricos! ¡Y también muy famosos!

—¿Famosos? ¡Guau! ¡Me gusta!

—¿Y ya no vamos a cazar al otro mamut? —preguntó otro.

—Por el momento, no. Regresen al campamento y envíen un mensaje por radio a los nuestros: que manden enseguida un helicóptero con una gran red de carga. Y tú, ¿qué estás mirando, bicho? —añadió dirigiéndose hacia mí, que aún estaba allí, suspendido en medio del aire—. ¿No querrás una propina, verdad?

¡Mmm, qué rabia que te traten así! Pero ¿por quién me habían tomado, por un contrabandista?

Observé, con el rabillo del ojo, que la avalancha había abierto una pequeña hendidura en la entrada de la gruta, por lo que decidí que ya era hora de volver con mis amigos. Antes de meterme allí dentro, sin embargo, me di la satisfacción de dirigir al señor Jordan y a sus colegas una sonora… ¡pedorrera de despedida!

12

RATONES Y ELEFANTES

penas entré en la gruta, me di cuenta inmediatamente de la nueva galería: ¡estupor, sorpresa, maravilla! ¿Quién podía haberla abierto? Y sobre todo, ¿adónde llevaba?

Decidí que debía de conducirme hasta mis amigos y me metí en aquel pasadizo oscuro confiando en la precisión de mi radar: esquivé agudas rocas, costeé heladas paredes, superé gélidas corrientes de aire y, finalmente, en el fondo del túnel, vi una

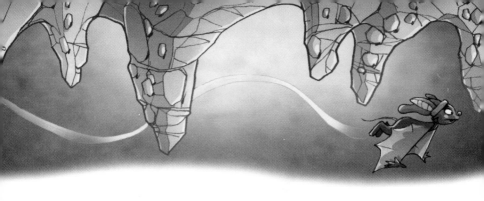

débil claridad temblorosa y reconocí la inconfundible voz de Leo.

—¡Ya sabía yo que no me podía fiar de un elefante peludo! Pero ¿se puede saber adónde vamos?

—Tranquilízate, Leo —lo calmó Rebecca—. Úrsula sabe lo que se hace. ¿Verdad, profesor?

—Creo que sí —contestó él—, o al menos eso espero…

Mi llegada tendría que haber llevado a todos un soplo de optimismo y, en efecto, así pareció en el primer momento.

—¡Bat! —dijo Leo, dando saltos del alegría—. ¡Eres el mejor! ¡Ya sabía que también esta vez te saldrías con la tuya!

Sin embargo, nadie podía prever que mi aparición tuviese efectos tan devastadores sobre el mamut: ¡apenas me vio empezó a enojarse y a barritar atemorizado!

—¿Qué le ocurre? —preguntó Leo—. ¿Otro ataque de frío?

—¡Escondan al murciélago! ¡Rápido! —gritó el profesor Ventura, intentando tranquilizar al paquidermo.

¡Les suena la historia de los elefantes a los que los aterrorizan los ratones? Es evidente que también vale para el mamut. Vayan a explicarle ustedes que los murciélagos no son ratones… ¡Y además también yo tenía un miedo remiedo de aquella bestia descontrolada!

Leo me agarró por la nuca y me hizo desaparecer dentro de su chaleco. Violette abrazó a Martin como si sus brazos fueran tenazas. El profesor Ventura no cesaba de gesticular, pero Úrsula no se calmaba.

¿Adivinan, pues, quién resolvió el asunto? ¡Mi Rebecca, naturalmente! A veces creo que esta muchachita tiene telepatía (que es la transmisión del pensamiento sin el uso de las palabras), ¡porque le bastó acercarse al animal para «hipnotizarlo»! Le acarició con dulzura la trompa y luego se sentó encima. Úrsula la levantó con delicadeza y la colocó sobre sus espaldas.

—¡Nunca había visto nada parecido! —exclamó asombrado el profesor Ventura. Luego se recuperó: —Quizá su amigo pueda contarnos qué es lo que está sucediendo ahí fuera…

Escondido en el chaleco de Leo, para que Úrsula no me viese, expliqué brevemente el jaleo al que había asistido en la entrada de la caverna. Cuando llegué al descubrimiento del mamut congelado, Fred Ventura se entristeció y murmuró en voz baja:

—Sabía que estaba allí. Siempre lo he sabido, pero nunca logré encontrarlo. Este tenía que ser el compañero de Úrsula y también el papá de… ejem… pero qué más da ya. Lo importante es que han renunciado a perseguirnos. Ánimo. Tenemos que ponernos en marcha.

—Con mucho gusto —respondió Leo—. Pero ¿para ir adónde exactamente? ¿Al centro de la Tierra?

—Confíen en Úrsula —replicó el profesor—. Ella sabe muy bien lo que está haciendo.

Siguiendo al mamut, con Rebecca en su grupo, atravesamos otras galerías y superamos otros estrechamientos, hasta que encontramos un obstáculo bastante más serio que nos bloqueaba el camino: un maravilloso lago subterráneo, medio helado, que resultaba imposible de rodear.

—¡Fin del trayecto! —comentó Leo, mientras la antorcha del profesor se apagaba definitivamente—. ¡Y fin de la iluminación!

Y de este modo nos encontramos en la oscuridad en el vientre de una montaña, en compañía de un mamut y de un ex profesor vestido de hombre de Neandertal, sin poder ir hacia adelante ni hacia atrás. ¿Pueden imaginar una situación más horrible?

Sin embargo, estas eran las situaciones preferidas de Martin y Rebecca.

13

LAS DOTES SECRETAS DE REBECCA

as que no tienen salida, se entiende. Mientras que eran exactamente el tipo de situaciones que Leo y yo odiábamos.

¡También porque la vía de salida que a aquellos dos siempre se les ocurría tenía algo que ver conmigo, un pobrecito murciélago miedoso!

Naturalmente, también ocurrió así esta vez.

—Leo —dijo Martin a su hermano—, saca tu generador de bolsillo de la mochila. Necesitamos un poco de luz.

—Y tú, Bat, —dijo dirigiéndose a mí—, ¿sabes si tu radar también funciona bajo el agua?

—¿Te-tengo que meterme en el agua? —balbuceé.

—No es necesario. Me basta solamente con que midas la profundidad de este lago.

Dicho y hecho. Un vuelito a ras del agua y volví con la respuesta:

—Metro arriba, metro abajo, unas decenas de metros.

—Perfecto —nuestro «empollón» se frotó las manos—, se puede hacer.

Violette ahora lo miraba exactamente de la misma forma como se mira el monumento de un personaje importante.

—¿Qué es lo que tienes en la cabeza, hijo? —quiso saber Fred Ventura.

—Es muy sencillo: dado que el lago no es muy profundo y los elefantes son buenos nadadores, he pensado en atravesarlo montándonos todos en la grupa de Úrsula. ¿Qué le parece?

—Que es una idea espléndida. Lástima que Úrsula nunca se meterá en esta agua gélida. Ya te lo he dicho, es muy friolenta.

—Yo creo, en cambio, que mi hermana podría convencerla de hacerlo. ¿Verdad, Rebecca?

—Lo puedo intentar —respondió ella, siempre sentada en la grupa del animal, y un extraño relámpago le atravesó los verdes ojos.

Se inclinó hacia adelante y susurró algo al oído del mamut. La bestia primero sacudió la cabeza y luego se puso de espaldas al lago. Rebecca bajó de la grupa y se le situó adelante, mirándolo fijamente a los ojos.

—Déjalo estar, hija —observó el profesor—. Cuando se pone así es inútil insistir…

Sin embargo, Rebecca, insistió, y le habló al animal prehistórico de esta manera:

—Ánimo. Es el único modo de salir de aquí. Y es el único modo de volverlo a ver, tú también lo sabes.

—Pero ¿de qué estás hablando? —preguntó Fred Ventura, anonadado igual que nosotros ante el espectáculo al que estaba asistiendo.

De repente, Úrsula dobló las rodillas y puso la trompa de lado, a modo de escalera.

—¡Vamos, adelante, suban! —sonrió Rebecca—. ¡Es hora de hacer una linda travesía!

Montamos todos encima de aquella enorme espalda (yo escondido dentro del chaleco de Leo), y Úrsula se levantó y entró sin chistar en el agua transparente como el cristal. ¡Fue una experiencia inolvidable!

Una vez que llegamos al otro lado, el mamut no se detuvo para hacernos bajar, sino que aceleró el paso a lo largo del terreno que descendía ligeramente.

—¡Despacito, Úrsula, despacito! —gritaba el profesor, asustado igual que nosotros. La única que reía era Rebecca. Ahora el mamut iba lanzado al galope y no me atrevía a pensar lo que hubiera ocurrido si hubiera encontrado algo ante él.

Pero no encontró nada. Al contrario, un centenar de metros después se abrió una ventana de luz deslumbrante que daba directamente al exterior, a la otra vertiente de la montaña. Corrió hacia el aire libre entre salpicaduras de nieve, lanzando su potente barrito.

¡Por fin estábamos afuera!

14
UN FINAL ROMÁNTICO FICTICIO

stábamos tan felices de estar vivos que nos dejamos llevar por el entusiasmo: el profesor Ventura abrazó a Rebecca, Rebecca me abrazó a mí, yo abracé a la condesa (¡increíble!) y la condesa abrazó a Martin, haciendo que se pusiera rojo como un tomate.

Leo, en cambio, no abrazó a nadie pero desencadenó una furibunda batalla de bolas de nieve que nos involucró a todos. También yo intenté participar, pero las bolas más grandes que lograba lanzar tenían las dimensiones de una cereza y enseguida me encontré sepultado por la nieve.

Úrsula, sin embargo, llamó nuestra atención, soltando otro de sus berridos fragorosos: parecía que estuviera llamando a alguien…

—Eh, ¡si está temblando como una hoja! —notó preocupado el profesor—. ¡Ya les había dicho que aquella agua estaba demasiado fría para ella!

—¡Démosle unos masajes! —sugirió Martin—. Entrará en calor.

Todos se afanaron alrededor del animal, que pareció agradecer mucho los cuidados.

Sintiéndose evidentemente mejor, se alejó unos metros y mandó una tercera llamada, que resonó por todo el valle.

—¿Se puede saber qué le has dicho antes al oído? —preguntó Ventura a Rebecca—. ¿Y a quién tenía que volver a ver?

—A él —respondió Rebecca, indicando una silueta que se estaba acercando a Úrsula correteando sobre la nieve: ¡era un cachorro de mamut!

—Pe… pero… —balbuceó emocionado el profesor—, ¿cómo lo has sabido?

Rebecca se encogió de hombros:

—Digamos que entre mujeres… ¡ya se sabe!

¿Hubiera sido un buen final, no? Romántico. La madre que se reencuentra con su cachorro, nosotros sanos y salvos, y todos felices y contentos. ¡En cambio, no! ¡Por todos los mosquitos!

Mis sensibilísimos oídos captaron algo. Al principio fui el único en darse cuenta. Luego, poco a poco, lo advirtieron también los demás y, cuando estuvo muy cerca, lo reconocimos todos.

—¡Es un helicóptero! —gritó Martin—. ¡Rápido, tenemos que escondernos!

—¡Úrsula! —gritó Ventura—. ¡Corre, Úrsula! ¡Te descubrirán!

Pero Úrsula, que estaba junto a su cachorro, haciéndole mimos, no se movió ni un paso.

Al helicóptero lo habían llamado los contrabandistas para transportar el mamut congelado descubierto junto a la gruta. También por eso era mejor que Úrsula y su cachorro no se dejaran ver. Pero ¡había que darse prisa!

Recordé entonces un viejo refrán de mi bisabuelo Mediala: «El miedo te empuja para adelante, especialmente cuando hay bastante».

Un relámpago iluminó mi cerebrito y una sacudida alcanzó mis alas: ¡me lancé gritando hacia el mamut y su cachorro, dando vueltas amenazadoramente entre los dos!

El efecto fue inmediato: se asustaron tanto que, a toda velocidad, volvieron a refugiarse en la galería bajo la montaña.

Permanecieron allí, escondidos, hasta que el helicóptero desapareció por el horizonte, llevando consigo su preciosa carga.

Ninguno de los furtivos supo nunca nada sobre Úrsula y su pequeño.

15

¡AH, EL AMOR!

 o no sé si en su vida el profesor Ventura había visto un globo aerostático.

Pero el hecho es que nos ayudó a ponerlo en funcionamiento, reparando la manivela del quemador e hinchando con aire caliente el globo. Por lo tanto, se preparó para asistir a nuestro despegue, después de haberse despedido de nosotros y habernos dado las gracias uno por uno.

—¿Está realmente seguro de que quiere quedarse aquí? —le preguntó Martin.

—¡Claro! —respondió él—. Úrsula y su cachorro aún me necesitan. ¡Adiós! ¡Que tengan buen viaje!

Estaba por soltar la cuerda de amarre, cuando vimos aparecer al mamut con su cachorro a un lado. ¡También él quería despedirse! Yo me escondí, como de costumbre, en el chaleco de Leo, para no asustarlo, pero enseguida sentí que me agarraba una especie de enorme tubo de aspiradora cubierto de pelo. ¡Por el sónar de mi abuelo! El mamut me tenía agarrado en el aire y me miraba amenazador. Parecía decidido a vengarse del susto que le había dado. ¡Ay!

—¡Suéltalo, Úrsula! —le gritó el profesor—.
¡También es tu amigo!

Pero esto Úrsula ya lo sabía. Me depositó sobre
la grupa de su cachorro y me dio un par de golpeci-
tos en la cabeza. Era su manera de decirme: «¡Gracias! Si no hubiera sido por ti, aquellos hombres del
helicóptero nos habrían visto y nos habrían vuelto
a perseguir».

Luego sucedió lo imprevisible. Fred Ventura soltó la cuerda del ancla y, en el momento en que el globo se levantaba, fue catapultado al cesto casi sin darse cuenta. ¿Quién había sido? ¡Su mamut, era obvio!

—¡Nooo, Úrsula, nooo! —gritaba desesperado el profesor, asomándose por la borda—. ¿Por qué lo has hecho?

Si el paquidermo hubiera podido responderle, creo que le hubiera dicho: «¡Vuelve a casa, Míster Neandertal! ¡Vuelve con aquellos que te quieren y diles que aún estás vivo!». Quizás, Úrsula ya sabía que también Fred Ventura tenía un hijo y que, como nos confesó después, no lo veía hacía cinco largos años.

A pesar de la presencia del profesor, el viaje de regreso fue peor que el de ida. Conseguimos mila-

grosamente mantener inflado el globo, pero los fuertes vientos en altura nos agitaron como una nave en una tormenta.

Además, el aterrizaje fue ¡sencillamente desastroso! Nos precipitamos junto a un pequeño pueblo de pescadores que hablaban un idioma incomprensible para nosotros.

Por suerte, para nosotros, los periódicos de media Europa habían hablado de la misteriosa desaparición de la condesa La Trippe y de otros tres muchachos (¡con su murciélago!) durante la celebración de la feria de otoño de Fogville. Las búsquedas, llevadas a cabo de inmediato y a lo largo de varios días, no habían dado ningún resultado y al final se nos dio por desaparecidos.

Cuando el *Eco de Fogville* publicó la noticia de nuestra aparición en las costas de Finlandia, a los señores Silver, que habían caído en una gran desesperación, casi les da un infarto.

Al saberse, además, que junto a nosotros había reaparecido de la nada el famoso paleontólogo Fred Ventura, la prensa y la televisión de todo el mundo se volvieron locas.

En el aeropuerto de Fogville fuimos literalmente asaltados por una muchedumbre de periodistas y curiosos. Lástima que no pudiéramos firmar autógrafos: ¡era una ocasión inmejorable para darme a conocer como escritor!

Después de muchos años, Alfred Ventura volvió a abrazar emocionado a su hijo Jim, que, entretanto, se había convertido en paleontólogo como

él. Estudiaba fósiles de animales más pequeños: pájaros, reptiles y, sobre todo, quirópteros (que sería el nombre científico de nosotros, los murciélagos).

El profesor convocó una rueda de prensa para explicar al mundo científico dónde había estado todo aquel tiempo.

—Quería verificar cierta teoría sobre la posibilidad de que algunos mamuts hubieran sobrevivido —explicó—, pero, desgraciadamente para todos, ¡no he encontrado ni siquiera el más pequeño rastro!

—¿Y qué es lo que ha aprendido de esta experiencia? —le preguntó un periodista.

—Que es muy lindo volver con aquellos que te quieren. Y que, de vez en cuando, está bien cambiar los propios intereses. Les anuncio, por lo tanto, que voy a dedicar mis próximos años al estudio de los murciélagos y de sus restos fósiles. ¡He descubierto que son animales realmente fascinantes!

¡Qué granuja este Ventura! Y desmemoriado yo, que no me había acordado del nombre del experto que había descubierto el fósil más antiguo de murciélago prehistórico: ¡precisamente, su hijo, Jim Ventura!

Violette se puso muy contenta de conocer a nuestra familia y, poco antes de que sus padres fueran a recogerla, nos dijo la cosa más bonita que los hermanos Silver y yo habíamos oído:

—¿Saben? ¡Nunca hubiera imaginado que entre la gente común hubiera alguien tan especial como ustedes!

Luego nos abrazó uno a uno. A Martin le dio también un fuerte beso en la mejilla.

—¡Espero volver a verte! —le susurró, antes de subir al coche—. Quizá nos encontremos en la próxima feria de otoño.

—¡También yo lo espero, condesa La Trippe!

—¡Llámame Violette, te lo ruego! —respondió ella, moviendo sus largas pestañas.

Desde aquel día, Martin se pasa las horas tirado en la cama, suspirando. Sobre su escritorio he encontrado un libro muy distinto de los habituales cuentos de terror de Edgar Allan Papilla. Se titula: *Manual para entender a las chicas.*

¡¿Se habrá enamorado?!

Un saludo «prehistórico» de su

Bat Pat

¡QUÉ LINDA ES LA EDAD DE PIEDRA!

¡Queridos «amigos voladores», ahora soy un huésped fijo del museo de historia natural de Fogville! Miren lo que he aprendido…

¡FRÍO, REFRÍO!

«Eras glaciales» en realidad ha habido bastantes. En el período Criogénico (del griego *cryos*, «hielo», y *génesis*, «nacimiento»), en particular, hacía tanto frío que la Tierra vista desde el espacio parecía una gran bola de nieve.

GATO… ¿DE LAS NIEVES?

¿Se han preguntado alguna vez de qué le servían a un mamut aquellos colmillos curvos? Bueno, me crean o no, le servían para… ¡escarbar en la nieve! ¡Era el único modo de conseguir las «berzas prehistóricas», que le encantaban!

LA ISLA DE LOS MAMUTS

Es una isla perdida en donde, miles de años después de la última glaciación, nuestros antepasados pudieron haber admirado los últimos ejemplares de mamut. Se hubieran quedado un poco sorprendidos de la talla… ¡eran auténticos mamuts enanos!

¡CÁMARA, ACCIÓN!

Los antepasados de Leo y Martin eran también unos artistas refinados. Seleccionaban las grutas más oscuras que podían encontrar y las decoraban con animadas escenas de caza. Bastaba con encender una antorcha y… ¡zas, el primer cine de la historia!

¡VIVA LA EVOLUCIÓN!

¡El murciélago más antiguo que se conoce se llama *Onychonycteris finneyi* y tiene la friolera de 52 millones de años! Jim Ventura me dijo que mi pobre antepasado estaba desprovisto de radar… ¡A saber los chichones que encontraría en el fósil!

MARCAS EN LA NIEVE

¡Por todos los mosquitos! ¡Mis tres amigos son unos verdaderos bólidos sobre la nieve! ¿Conseguirán averiguar el rastro dejado por cada uno de ellos?

¡FOTO RETOQUE!

Bonita, ¿verdad? Es la foto de recuerdo de la feria de Fogville de este año, pero parece que alguien se ha divertido haciendo un poco de *collage*… ¿Me ayudan a recomponerla con los trocitos correctos?

A

B

C

D

E

F

G

LOS TIGRES TAMBIÉN RONRONEAN

¡Rebecca es capaz de transformar en un tierno minino al más terrible de los depredadores de la era glacial! Entre las dos imágenes hay 7 diferencias. ¿Cuáles?

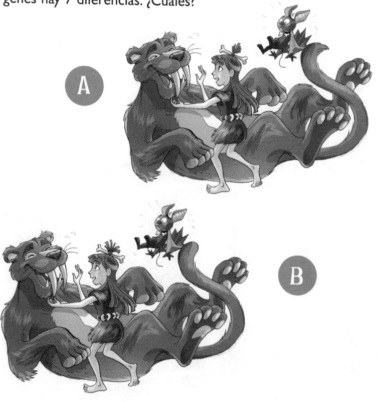

Solución: la pata derecha de Bat Pat, la cola y el ojo del tigre, la cintura y el mechón de Rebecca, la garra inferior derecha del tigre, el dedo de la garra anterior izquierda.

ÍNDICE

BAT PAT

NO SE PIERDAN...

Bat Pat. El mamut friolento,
se terminó de imprimir en marzo de 2013
en Quad/Graphics Querétaro, S. A. de C. V.,
Fracc. Agro Industrial La Cruz El Marqués
Querétaro, México.

¡ADIÓS, AMIGOS!